Este libro
es propiedad
del pirata:

....

LOS LOBITOS DE MAR

Cinco, como los dedos de una mano,
estudian el primer curso en la Escuela de Piratas
y aspiran a convertirse en expertos bucaneros.

Jim

Inteligente y audaz, está
siempre dispuesto a sacar
a sus amigos de cualquier
apuro. Es de origen inglés.

Antón

Flaquito y un poco cobardica,
siempre se está quejando
de todo… Tiene orígenes
franceses.

Ondina

La única chica de la tripulación posee una habilidad insólita: habla con los peces. Es portuguesa.

Babor y Estribor

Los dos enormes y requeterrubios hermanos noruegos se parecen como dos gotas de agua y... ¡no hacen más que meterse en líos!

LOS CAPITANES

Los maestros Pirata tienen el título
de capitán y cada uno de ellos enseña
una asignatura distinta de la piratería.

Hamaca

Holgazán y dormilón,
el profesor de los Lobitos
de Mar es maestro de Lucha
porque… reparte golpes
como pocos en el mundo.

Shark

El maestro de los
Tritones está lleno
de cicatrices dejadas
por tiburones y medusas.
Enseña Navegación.

Letisse Lutesse

Es maestra de Esgrima.
Bonita y siempre elegantísima,
se le considera la pirata más
hermosa del mar
de los Satánicos.

Sorrento

El maestro de Cocina
prepara el mejor caldo
del mar de los Satánicos.
A base de medusas,
claro está.

Vera Dolores

Maestra de las Cintas Negras,
la imponente enfermera de la
isla es supersticiosa hasta
extremos inverosímiles y una
apasionada de los horóscopos.

Título original: *All'arrembaggio!*

Primera edición: febrero 2011

©2008 Dreamfarm
Texto: Steve Stevenson
Ilustraciones: Stefano Turconi

© de la traducción: Susana Andrés
© de esta edición: Libros del Atril S.L.,
    Av. Marquès de l'Argentera, 17, Pral.
    08003 Barcelona
    www.piruetaeditorial.com

Impreso por Brosmac, S.L.
Carretera de Villaviciosa - Móstoles, km 1
Villaviciosa de Odón (Madrid)

ISBN: 978-84-92691-96-8
Depósito legal: M. 56.960-2011

Steve Stevenson

La Escuela de Piratas

¡Al abordaje!

Ilustraciones de Stefano Turconi

pirueta

A los filibusteros de la calle Venturini

Prólogo
Comienza
la aventura...

El primer año en la Escuela de Piratas estaba a punto de terminar. El director, Argento Vivo, había atracado su barco, el *Argentina*, en el acantilado de las Medusas. ¡Había llegado el momento de dar las calificaciones!

¿Aprobarían o suspenderían? Los Lobitos de Mar debían superar la prueba de navegación del capitán, el arisco maestro de las mil cicatrices.

Era el examen más difícil del primer curso y consistía en…

—¿Un abordaje? —balbuceó Antón.

El muchachito francés era el más cobardica de los cinco jóvenes piratas que paseaban por el alcázar del *Tiburón Blanco*. El barco del capitán Shark surcaba aguas calmas y brumosas desde hacía un par de días.

—Me lo han dicho los Tritones antes de marcharnos —respondió el emprendedor Jim—. Su tripulación tuvo que saquear un buque de guerra español para pasar el examen.

Ondina, la única chica de los Lobitos, no se fiaba demasiado.

—Los Tritones siempre exageran a la hora de contar sus hazañas —murmuró.

—Y nosotros…, ¿a quién tendremos que… abordar? —preguntó tembloroso Antón.

—No tengo ni la más mínima idea —contestó Jim acompañándose de un gesto con los brazos.

Los hermanos escandinavos, Babor y Estribor, rezumaban felicidad por todos los poros.

—¡Por fin un poco de acción! —gritaron, mientras fingían practicar esgrima como dos espadachines.

—¡Descendente diestro, guardia baja! —gritó uno.

—Esquivar y fondo central. ¡Tocado! —exclamó el otro.

Un segundo después, un grumete de la tripulación los levantaba por el cuello de la camiseta. El marinero reía de satisfacción, mostrando una hilera de dientes careados:

—Vaya, vaya, mira qué tenemos aquí… ¡Los dos regordetes Peces Globo!

—¡JA, JA, JA! —soltaron tres marineros que estaban anudando cabos. Eran miembros de la tripulación del capitán Shark, y fieros piratas.

—Deja en paz a mis amigos, por favor —intervino Jim.

—¿Y por qué iba a hacerlo, señor Zanahorio? —preguntó burlón el grumete.

Los marineros se tronchaban de risa mientras señalaban la melena pelirroja de Jim.

Llegado este momento, intervino Ondina:

—¿Queremos armar jaleo? —preguntó, dando una patada en el suelo.

—¡Oh, nos faltaba solo la bella Sirenita! —la recibió el grumete con una mueca burlona.

Un instante después dejó a Babor y Estribor prendidos al palo mayor por el cuello de sus camisetas.

—Este gancho es para colgar a los remolones.

Los dos hermanos agitaban las piernas en el vacío y se retorcían para liberarse. Los cuellos de las camisetas se desgarraron; al caer de culo, los gemelos emitieron un ruido sordo.

—¿Os habéis hecho daño? —susurró Antón, surgiendo de una pila de sacos. Lamentablemente, los sacos se derrumbaron y él acabó en el suelo y con los pies al aire.

—¿Y este de dónde sale? —preguntó el grumete—. Caballeros, ante ustedes: el Torpón.

Todos los marineros se partían de risa, mientras los Lobitos estaban requetenfadados.

De repente, el barco se introdujo en un banco de niebla y los marineros volvieron a sus tareas riéndose sardónicamente. El grumete, por el contrario, dejó ir otro comentario desdeñoso:

—Qué pandilla tan mona: el Zanahorio, la Sirenita, el Torpón y los dos Peces Globos.

¿Queréis saber una cosa? ¡Vosotros nunca os convertiréis en fieros piratas!

Los niños no dijeron nada y cruzaron los brazos.

—Ah, ¿ahora os hacéis los ofendidos? Pues entonces, como castigo, cogéis las escobas y sacáis brillo al puente del barco —exclamó antes de marcharse canturreando.

Los Lobitos de Mar intercambiaron una mirada de complicidad.

La contraseña era: «¡Venganza!».

1
Caída en cadena

Ondina y Antón se deslizaron a hurtadillas en la bodega. Ondina pasó a Antón una escoba, un cubo, un montón de bayetas y varias pastillas de jabón. El chico francés, cargado hasta los topes, se tambaleaba como un equilibrista.

—Vaya, lleva tú también algo, ¿no ves que se me cae todo? —gimoteó.

—Espera —respondió Ondina—. ¿Dónde habrán puesto la cera de abejas?

—¡Y qué más da! ¡Échame una mano! —se lamentó Antón.

15

Ondina no le escuchaba. Había destapado un bote que parecía lleno de miel y olía el contenido.

—¡Ya la tengo! —exclamó radiante—. ¡Creo que es cera de primerísima calidad!

Los dos aprendices de pirata salieron de la bodega para volver a subir. Al ver que Ondina corría, Antón aceleró el paso.

—¡Por todos los sargazos y satánicos, espérame! —protestó.

Entonces la escoba se le resbaló de la mano y

fue a cerrar el paso justo cuando el grumete de los dientes cariados salía de un camarote con otros cuatro marineros.

—¡Mira qué obediente nuestro Torpón! —exclamó el grumete.

Unas carcajadas ensordecedoras resonaron por todo el pasillo.

Ondina intervino, dirigiéndose a los marineros con fingida cortesía:

—Amables señores, dentro de media hora están todos invitados al alcázar.

—¿Y por qué? —preguntaron los muy filibusteros.

—Porque veréis el *Tiburón Blanco* más limpio que nunca —respondió la muchacha, resplandeciente.

Los marineros pensaron unos segundos. ¿Un barco pirata limpio? No podían perderse tal acontecimiento.

17

—Allí estaremos, Sirenita —respondió el grumete con una reverencia—. ¡Pero ay de vosotros si no reluce como una moneda de oro!

Antón recogió deprisa y enfurruñado la escoba, y los dos niños se reunieron con el resto de los Lobitos en el puente.

—¡Estamos listos para la venganza! —anunció Ondina, mostrando el bote de cera.

Jim chasqueó los dedos:

—¡Fantástico!

Babor y Estribor aplaudieron de alegría:

—¡Fabuloso, Ondina!

Antón, por el contrario, se cruzó de brazos, bajó el ala de su sombrero y se volvió a contemplar el mar brumoso.

—¿Algo anda mal, Antón? —le preguntó Jim.

—Estoy cansado de hacer siempre el ridículo —respondió con un hilillo de voz—. Tienen razón: nunca me convertiré en un fiero pirata.

Los chicos decidieron no hacerle caso. Arrojaron cubos llenos de agua por el alcázar y lo limpiaron a fondo con el jabón y la escoba. A continuación, Ondina impregnó las bayetas con cera de abejas, y en el aire empezó a flotar un perfume dulzón.

Los cuatro Lobitos dieron varias pasadas al suelo. Luego añadieron más cera y volvieron a frotar con las bayetas.

En menos de lo que canta un gallo, el alcázar del *Tiburón Blanco* relucía como si fuera nuevo.

Jim llamó a los marineros que estaban en la cubierta inferior.

—¡Eh, los de ahí abajo! ¡Venid a ver qué maravilla!

Un grupo de marineros subió a toda prisa. En cuanto pisaron el puente resbalaron sobre la capa de cera, y tuvieron que sujetarse los unos a los otros para mantener el equilibrio. El pri-

19

mero en rodar fue justo el grumete de dientes cariados. Los piratas fueron cayendo en cadena, todos juntos, y continuaron deslizándose hasta chocar contra un montón de barriles.

¡PATAPUM!

Los chicos ya estaban a punto de cantar victoria cuando se dieron cuenta de que habían armado un buen lío: los barriles se habían roto en mil pedazos y los marineros empezaban a ponerse de nuevo en pie, frotándose alguno la cabeza, otro la espalda, otro una mano…

¡Todos con una expresión iracunda!

—Tenemos jaleo a la vista —murmuró Estribor.

—¡Huyamos! —chilló Antón, colocándose detrás de Jim—. ¡Estos van en serio!

Los cinco Lobitos retrocedían paso a paso, mientras los marineros hacían crujir los nudillos y avanzaban gruñendo.

—¡TODO EL MUNDO QUIETO! —tronó de repente la voz del capitán Shark—. ¿Qué diantres está sucediendo en mi barco?

Los Lobitos y el grupo de marineros se giraron para mirar al capitán Shark, que descendía del castillo de popa a grandes zancadas. Mostraba una expresión sombría y parecía tener la intención de echar un buen rapapolvo a su indisciplinada tripulación.

—¡Cuidado, capit… —gritaron todos.

Demasiado tarde. El maestro de Navegación resbaló sobre el encerado, hizo una pirueta y cayó pesadamente sobre sus espaldas.

¡PATAPUM!

Jim se cubrió los ojos con la mano.

—De mal en peor —susurró desesperado.

—¡Adiós al aprobado! —suspiró Ondina.

El capitán Shark se agarró a las cuerdas y se puso en pie. Tenía los cabellos despeinados y

21

recordaba a un toro embravecido. Parecía que estuviera a punto de explotar, pero justo en ese momento…

—¡BARCO A LA VISTA! —dijo el vigía—. ¡ES UN MERCANTE! ¡A LA DERECHA!

El capitán, los cinco aprendices y los marineros que estaban en el alcázar se miraron.

¿Un mercante? ¡No había ni un segundo que perder!

—¡Atajo de incompetentes! —vociferó el capitán Shark sacando de repente el sable—. Luego pasaremos cuentas, ahora: ¡preparémonos para el abordaje!

2
¡Un auténtico abordaje!

El capitán Shark apuntaba con el catalejo hacia el pequeño buque mercante mientras explicaba a los Lobitos las técnicas del abordaje. Los chicos eran todo oídos y aguzaban la vista para distinguir la embarcación en medio de la niebla.

—En primer lugar, debéis conocer bien las características de nuestro adversario —anunció el maestro de Navegación—. Tenéis que averiguar con precisión la velocidad que lleva, contar los hombres que hay a bordo y el número de cañones…

25

—¿Cañones? —le interrumpió Antón dando un respingo—. No nos dispararán, ¿verdad?

El capitán le propinó un golpe en la cabeza con el catalejo.

—¿Crees que nos darán la bienvenida con confeti, pequeñajo? —respondió.

Antón enmudeció al instante. El abordaje le daba tanto miedo que ni siquiera prestó atención al chichón que despuntaba en su cabeza.

El capitán reanudó su discurso con calma.

—Nuestro barco avanza sobre su estela y,

seguramente, la tripulación ya está preparando las armas. Cuando estemos lo bastante cerca de ellos, bajaremos la falsa bandera inglesa e izaremos la auténtica.

—¿Por qué tenemos que cambiar la bandera? —preguntó Ondina.

—Para asustarlos —respondió secamente el capitán—. Cuando vean que somos piratas, se rendirán inmediatamente.

—¿De verdad que se rendirán? —murmuró esperanzado Antón—. ¿Y así habremos ganado?

Nadie le prestó atención.

—Bien, nos estamos aproximando —concluyó el capitán Shark volviendo a plegar el catalejo—. Jim y Ondina, vosotros id a coger las espadas de madera.

—¡A las órdenes!

—Babor y Estribor, vosotros izad la bandera pirata.

—¡Hecho!

—Antón, tú avisa a los marineros para que se preparen para el abordaje.

—*Hummm*, sí… —respondió el chico francés vacilando.

Los cinco Lobitos se pusieron en marcha al instante. Al puente del barco llegaron todos los marineros, incluidos los grumetes y los estibadores. El capitán iba impartiendo una orden tras otra con una voz atronadora.

Jim y Ondina fueron los primeros en volver. Los otros miembros de la tripulación se echaron a reír cuando vieron las pequeñas espadas de madera.

—¡Silencio, filibusteros de mala muerte! —exclamó el capitán Shark—. Los Lobitos de Mar solo tienen que mirar el abordaje, no tienen que luchar. Se quedarán aquí para defender el *Tiburón Blanco*.

La tripulación se tronchaba de risa. ¿Cómo iban cinco críos a proteger ellos solos el barco?

En lugar de hacer callar de nuevo a sus hombres, Shark alzó la vista al palo mayor y se puso rojo como un pimiento.

—¿Qué diantres están armando esos dos merluzos? —vociferó.

Babor y Estribor habían izado una bandera anaranjada con el dibujo de un absurdo perro de tres patas.

¡Era la enseña de los Lobitos de Mar!

—Ejem… —intervino Jim, cohibido—. Creo que nuestros amigos se han equivocado…

—¡Eso ya lo veo yo! —gritó Shark.

—Con su permiso, Ondina y yo podremos solucionar este inconveniente.

—Entonces daos prisa —dijo el capitán—. El mercante ya está a solo unas pocas leguas de distancia.

29

Los dos alumnos de piratería corrieron en dirección a Babor y Estribor, les lanzaron una mirada torva y sustituyeron velozmente la bandera por otra de un terrible tiburón de dientes afilados que sobresalía sobre un fondo negro.

Ya faltaba realmente poco para el abordaje. Sin embargo, el pequeño buque mercante parecía desierto y en el puente no había nadie.

—Deben de haberse escondido todos por el miedo —observó Babor.

—¡Genial, así todavía será más fácil apoderarse del buque! —se alegró Estribor.

El *Tiburón Blanco* ya tenía la victoria al alcance de la mano.

Justo cuando los piratas estaban a punto de lanzarse al asalto con cuerdas y ganchos, Ondina cayó en la cuenta de que Antón se había esfumado en el aire.

—Tenemos que ir a buscarlo —se inquietó

Jim—. Si el capitán descubre que se ha escondido durante el abordaje, nos suspenderá a todos.

Ondina se mordisqueaba las uñas de rabia.

—Habrá ido abajo, el cobardica —dijo—. Deprisa, hemos de encontrarlo.

Los niños se precipitaron a la cubierta inferior en busca de Antón y tomaron varias direcciones. Inspeccionaron los pasillos, registraron los camarotes y se reunieron de nuevo los cuatro delante del almacén.

—Apuesto a que está aquí dentro —susurró Estribor.

—¡Ahora lo atraparemos! —sonrió Babor.

Jim se deslizó entre los dos hermanos y abrió la puerta con determinación.

—Eh, chicos, que no estamos jugando al escondite.

—¡Antón! —se desgañitó Ondina en la oscuridad del cuarto—. ¿Estás aquí?

El almacén rebosaba de comida empaquetada en cajas de madera, barriles y sacos. Por todos lados había escondrijos, lo ideal para un muchacho flacucho como Antón.

Desde el exterior llegaban los rumores de la batalla: pistoletazos, gritos de guerra, las imperiosas órdenes del capitán Shark...

—¿Qué queréis de mí? —chilló Antón desde su refugio—. ¡Uf, yo no quiero participar en el abordaje!

—No seas miedoso —exclamó Jim—. Si te quedas aquí, nos castigarán a todos.

De repente, algo empezó a moverse en la

oscuridad. Sin pensárselo dos veces, Babor y Estribor se abalanzaron para atraparlo.

¡MIAUUUU!

No habían cogido a Antón, se trataba del gato *Patricio*.

Era el famélico cazador de ratones del almacén, un bonito gato negro.

—¡Huy, me ha arañado en la mano! —se lamentó Babor.

—¡El moflete! ¡Me ha arañado en el moflete! —gritó Estribor soltando al animal.

El gato *Patricio* soltó un bufido a los dos hermanos escandinavos, luego se lamió tranquilamente los bigotes y desapareció detrás de una caja de semillas de cereales.

Entre tanto, Ondina había abierto un ojo de buey para que entrara la luz, mientras Jim se movía sigilosamente para pillar a Antón por sorpresa.

—Chicos, me parece que tenemos un problema —anunció Ondina, mirando hacia fuera, por la ventana.

—¿Otro lío? —preguntó Estribor al tiempo que se frotaba el rostro enrojecido.

La joven pirata le llamó con un gesto de la mano.

—El capitán parece enfadado. Está diciendo a la tripulación que todo es una trampa.

—¿¡UNA TRAMPA!? —gritó Antón, que estaba agarrado a una viga.

¡Ahí se había escondido el cobarde!

Pero no había tiempo que perder…

Los piratas del capitán Shark estaban registrando el buque mercante.

En ese momento, las cuerdas que mantenían las dos embarcaciones unidas se rompieron… y el *Tiburón Blanco* empezó a alejarse.

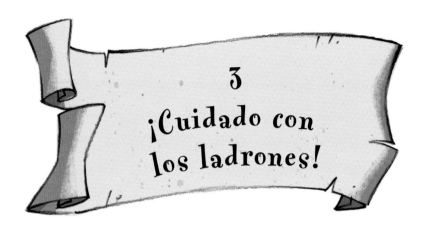

3
¡Cuidado con los ladrones!

¿Quién se había apoderado del *Tiburón Blanco*? Solos en el almacén del barco, los Lobitos de Mar pensaban en busca de una explicación. Pero no tuvieron que esperar mucho tiempo…

La ventanita que había abierto Ondina se oscureció al paso de un hombre que chorreaba agua y trepaba por una cuerda.

Los chicos se echaron a temblar y buscaron un escondite entre las provisiones, mientras Ondina se acurrucaba justo bajo el ojo de buey conteniendo la respiración.

Intrigado por los ruidos, el misterioso hombre echó marcha atrás y asomó la cabeza por el almacén. Miró a derecha e izquierda con sus ojos saltones y preguntó en voz alta:

—*Eoo*, ¿hay alguien aquí dentro?

Durante unos segundos esperó una respuesta. Luego sacudió la cabeza y desapareció.

Los cinco aprendices soltaron un profundo suspiro.

—¡Ese tío me ha mojado toda la ropa! —refunfuñó Ondina, poniéndose en pie de un salto.

Antón se movía como una araña en la viga:

¡Cuidado con los ladrones!

—Pero ¿quiénes son, eh? ¿Invasores? —preguntaba angustiado.

—Son los célebres Ladrones de Barcos —respondió Jim con suma gravedad.

Babor y Estribor se lo quedaron mirando con la boca abierta.

—¿Los Ladrones de Barcos? —repitieron a coro—. ¿Los conoces, Jim?

—He oído hablar de ellos —contestó el muchacho inglés, al tiempo que se acercaba a la puerta del almacén—. Es un grupo de truhanes que hace trampas para robar otros barcos.

—¿Son peligrosos? —interrumpió Antón, pataleando—. ¡Venga, valor, huyamos! ¡Tirémonos al mar!

Ondina le detuvo agarrándole de un pie.

—Antón, antes de nada, baja de esta viga, por favor. Estoy cansada de tener que levantar la cabeza cada vez que he de hablar contigo.

—Y luego, mantengamos la calma —susurró Jim mientras miraba por la rendija de la puerta—. Me temo que pronto vendrán a inspeccionar los camarotes del *Tiburón Blanco*.

—Pues entonces, ¿¡a qué estamos esperando para irnos!? —gritó Antón.

Ondina le tiró de la pierna y lo lanzó sobre un saco polvoriento.

Babor y Estribor sofocaron una carcajada y se dirigieron a Jim.

—¿Ves algo por el pasillo? —bisbisearon.

—¿Cuántos serán? —inquirió Ondina.

—¿Van armados? —preguntó Antón.

Llevándose un dedo a los labios, Jim les indicó que se callaran.

—Silencio, chicos —susurró—. Por ahora no hay nadie... ¡Oh, no! Están llegando... —Y cerró la puerta al ver dos siluetas que avanzaban por el pasillo—. ¡Deprisa, escondámonos!

¡Cuidado con los ladrones!

Los Lobitos de Mar giraron como peonzas por la habitación en busca de un refugio seguro. Luego todos eligieron en perfecto silencio su escondite. Estribor apenas si llegó a tiempo de coger una cañita de bambú y sumergirse en el barril de las medusas.

—Usía Cachalote, le repito que he oído unos sonidos sospechosos —decía el ladrón de los ojos saltones al entrar en el almacén.

Un hombretón con un parche negro sobre un ojo se adelantó desenvainando un sable.

—Tú siempre oyes demasiadas cosas, Salmonete —masculló con un vozarrón ronco—. De todos modos, vale la pena echar un vistazo a las provisiones.

—Tiene razón, usía Cachalote —respondió Salmonete con una sonrisa bobalicona.

Los Ladrones de Barcos empezaron a registrar el almacén removiendo los objetos con los sables.

41

¡Cuidado con los ladrones!

—¡Qué olor a moho!

—Las galletas apestan a pescado…

—El grano está completamente verde.

—¿Qué hay en estos barriles? No parece agua…

Usía Cachalote utilizó el sable como cucharón.

—¡Pero qué asco! ¡Está repleto de medusas vivas! —exclamó al tiempo que se tapaba la nariz.

Por suerte no se había dado cuenta de la pequeña cañita que sobresalía y permitía respirar a Estribor…

—Ya basta, Salmonete —gruñó el hombretón del parche negro—. Habrás oído maullar un gato. Seguro que eran ratones, vistas las porquerías que comen estos piratas.

Y como hecho aposta, en ese momento el gato *Patricio* saltó sobre un baúl y empezó a lamerse las patas.

¡MIAUUUU!

—¿Qué te decía, Salmonete? Tú siempre oyes demasiadas cosas…

—Y usted siempre tiene razón, usía Cachalote —respondió el otro, adulador.

—Y ahora, volvamos deprisa con la tripulación —concluyó el hombretón—. Mañana venderemos este barco en Puerto Pavor.

—¡*Sisseñor*! —respondió Salmonete, que le abrió paso.

¿Vender el barco?

¿Puerto Pavor?

Los Lobitos se estremecieron…

Cuando los dos ladrones dejaron el almacén, los niños salieron de sus escondites: Babor, del saco de semillas enmohecidas; Ondina y Antón bajaron de la viga; Jim surgió de un agujero que había en la armadura de la nave; y Estribor emergió del barril de medusas.

¡Cuidado con los ladrones!

—¡Esas medusas me han picado por todas partes! —lloriqueó Estribor, con varias marcas rojas en los brazos y las piernas.

—Ponte encima algo frío —le aconsejó Ondina.

—Es que aquí no hay nada frío.

—Entonces prueba con un poco de mantequilla…

Estribor cogió una pastilla de mantequilla y se untó con ella.

—¡Pero si es mantequilla de… medusas! —gimió.

Ondina se encogió de hombros.

—¡Es lo que hay! —replicó, dando por zanjada la cuestión.

Jim caminaba en círculo y se frotaba la barbilla, mientras Antón lo acribillaba a preguntas.

—¿Cómo lo hacemos para escapar? ¿Tenemos alguna esperanza de conseguirlo? ¿O es que estamos acabados?

—¡Calla, Antón! —le ordenó Jim—. Estoy intentando concentrarme.

—Pues entonces, ¡piensa deprisa, jolín! —le reprendió Antón—. Por si no te has dado cuenta, estamos metidos en un buen lío.

Ondina miró fuera de la ventana.

—Además se está haciendo de noche.

¡Cuidado con los ladrones!

Jim chasqueó los dedos.

—Gracias, Ondina, eres un genio —dijo con una gran sonrisa—. Aprovecharemos la oscuridad para librarnos de estos ladrones de pacotilla.

—¿Cómo? —preguntaron asombrados los demás niños.

El joven tomó asiento y explicó con todo detalle a sus compañeros de tripulación su gran plan…

4
Misión nocturna

Los Lobitos de Mar estaban listos para entrar en acción.

—Dejad que pase revista —dijo Ondina, observando a sus amigos de arriba abajo—. Estupendos, estáis más negros que el carbón.

—Pero la ropa no se nos quedará manchada, ¿verdad? —preguntó preocupado Antón, el más coqueto del grupo.

—¡Oh, claro que no! —le tranquilizó Ondina—. Se va con el agua. O al menos eso creo.

Los Lobitos se miraron: estaban recubiertos de los pies a la cabeza de brea oscura y viscosa.

Era un método perfecto para pasar inadvertidos en la oscuridad.

—¿Cuántas medusas habéis metido en los cubos? —preguntó Jim a los hermanos noruegos.

—¡Menuda pregunta! —respondió Estribor con una sonrisa reluciente—. ¡Todas!

—Os aconsejo que utilicéis los guantes, chicos —dijo Jim.

—Yo tengo una cuerda… —anunció Antón.

—Y yo la otra —añadió Ondina.

—Entonces, en marcha, a cumplir nuestra misión —dijo Jim, que salió sigilosamente al pasillo.

Los chicos le siguieron hasta la escalerita que conducía al alcázar del barco. Cuando les indicó que tenían el paso libre, subieron a toda prisa y se escondieron detrás de un cañón. Llegados ahí, estudiaron la situación.

—Los Ladrones de Barcos están cenando en el camarote del capitán Shark —susurró Jim—. ¿Podéis ver cuántos son?

—Uno…, dos…, tres… —contó lentamente Ondina—. Me parece que, por lo menos, son siete.

—¿Es posible que no haya quedado ninguno en el puente? —preguntó Antón.

Jim asomó la cabeza y señaló hacia la proa.

—El centinela está allá, con una linterna…

—¡Entonces le bombardearé con medusas! —exclamó Estribor emocionado y metiendo la mano en el cubo.

—¡No, no, espera! —le detuvo Jim—. No es el momento oportuno. ¡Sigamos con nuestro plan!

Los Ladrones de Barcos cantaban melodías de marineros y brindaban por su valentía. En un momento dado, usía Cachalote inició un discurso pomposo y lleno de alabanzas. Jim ordenó a sus amigos que permanecieran escondidos y se acercó silenciosamente para escuchar mejor. Entre la oscuridad, la neblina y la brea era invisible.

Tras una media hora larga, los chicos empezaron a inquietarse. Pero de repente las luces de la habitación se apagaron y Jim regresó como una sombra a su puesto.

—Acaban de irse a dormir —susurró el jovencito inglés—. Durante el resto de la noche, solo quedará la guardia…

—¡Una noticia fabulosa, Jim! —exclamó Ondina—. Ejecutemos nuestro plan.

Antón ató uno de los extremos de la cuerda a uno de los cañones de la izquierda, mientras Ondina se precipitaba de un salto a otro cañón del lado opuesto. La niña anudó la cuerda y comprobó que estuviera bien tensa.

Jim cogió un remo del suelo, se deslizó detrás del palo mayor e hizo una seña a Babor y Estribor.

—Ahora os toca a vosotros —susurró.

Los hermanitos tomaron un puñado de medusas cada uno y las lanzaron con fuerza hacia el guardia. El hombre sintió que le disparaban desde varios lados e intentó comprender desde dónde le llegaban los proyectiles. Luego

empezó a rascarse la cara a causa de los picota-
zos de las medusas y se dirigió refunfuñando a
los Lobitos de Mar.

—¿Quién anda ahí? —preguntó mirando
alrededor.

Era Salmonete, el tontorrón del almacén.

—¡Miauuu! —gritaron Antón y Ondina
desde detrás de los cañones.

—¡Vaya con el pulgoso gatón, como te pille
te hago puré! —exclamó Salmonete.

54

Avanzó con el puño cerrado. Sin embargo, un segundo después tropezó con la cuerda y se cayó cuan largo era.

—¡Pero ¿qué clase de broma es esta?! —dijo Salmonete levantando la cabeza.

Jim apareció como una sombra a sus espaldas.

—¡Cucú! —dijo burlón antes de propinarle un buen golpe de remo.

¡Salmonete perdió el conocimiento!

Los Lobitos se reunieron complacidos en el centro del alcázar y chocaron esos cinco. Ataron al ladrón como si fuera un salchichón, le amordazaron y lo metieron en un bote salvavidas.

—Lo estamos haciendo de maravilla —dijo Jim—. Pero la parte más difícil viene ahora. ¿Estáis todos listos?

Los niños asintieron en silencio y partieron a cumplir sus respectivas misiones especiales.

Ondina se situó al lado del dormitorio para controlar que nadie se despertara. Antón y Jim descendieron a la cubierta inferior para buscar objetos que flotasen. Babor y Estribor empezaron a tirar al mar todo lo que encontraban en el puente.

El plan de Jim era sencillo: lanzar objetos a las olas, con la esperanza de que el capitán Shark viera la estela.

Dejar huellas era el único modo de salvar la embarcación.

Babor y Estribor tiraron al agua un barril, una tabla, un remo, un trozo de vela y otras cosas que no pesaban mucho. Jim y Antón les llevaban los trastos viejos que encontraban en el almacén, en la bodega y en los camarotes. Reunían un gran montón y volvían a bajar para buscar otros.

Mientras descansaban, Babor y Estribor

observaban la hilera de objetos que flotaba en la superficie del agua.

—¿Crees que el capitán Shark nos seguirá? —preguntó Babor.

—Con esta niebla, no lo sé —respondió Estribor, secándose el sudor de la frente—. Pero pronto amanecerá, así que más vale que nos pongamos a trabajar de nuevo.

En ese momento empezaron a caer del cielo las primeras gotas de lluvia.

5
Zafarrancho en el alcázar

El chaparrón dispersó la niebla y lavó la ropa de los Lobitos de Mar.

Babor y Estribor habían seguido arrojando trastos al agua calma, incluidos los objetos personales del capitán Shark.

—Yo creo que se pondrá furioso cuando descubra que su precioso reloj de péndulo está flotando en el agua —advirtió Estribor.

—Mejor perder un reloj que un barco —suspiró Babor.

—No os hagáis demasiadas ilusiones —intervino Antón, muerto de cansancio—. Está amaneciendo, el capitán nos ha abandonado…

Los chicos contemplaron el horizonte, donde ya se veía la luz grisácea de la mañana. Se les cayó el alma a los pies…

—No nos desanimemos —dijo Jim—. Debemos resistir hasta el final. ¡Puede que los Ladrones de Barcos se despierten tarde!

Se volvió hacia el dormitorio y descubrió que Ondina se caía de sueño. Le silbó con los dedos, pero la niña no se movió ni un milímetro. Entonces se dirigió hacia ella justo cuando se abría la puerta del dormitorio…

—¡Cuidado, Ondina! —exclamó.

La joven pirata parpadeó con los ojitos azules y observó con estupor a usía Cachalote. El hombretón bostezaba tranquilamente… Sin embargo, el bostezo se transformó en una mueca cuando distinguió a los Lobitos de Mar.

60

Zafarrancho en el alcázar

—¡Alarma! —vociferó vistiéndose a toda prisa—. ¡Intrusos a bordo!

Ondina se marchó corriendo y se reunió con los demás chicos. Del dormitorio salieron seis hombres con los pijamas sucios y remendados…

—¿Qué pasa, jefe? —preguntaron a coro.

Al cabo de un segundo les dispararon una ráfaga de medusas y todos empezaron a aullar de dolor.

—¡Por mil ballenas! —vociferó usía Cachalote con una gelatinosa medusa en el ojo bueno—. Hombres, tomad las armas y capturad a estos polizones.

Los Lobitos de Mar intercambiaron una señal y empezaron a trepar por el palo mayor. Una vez llegados a lo alto, Jim y Ondina se colocaron a la derecha del gallardete; y Babor y Estribor, a la izquierda.

¿Y Antón?

—¡No puedo subir! —gritaba el francesito—. ¡Ya sabéis que tengo vértigo!

Usía Cachalote lo agarró por la chaqueta y tiró de él. El resto de los hombres se habían vestido y todos llevaban consigo las espadas y las pistolas. Se reunieron junto a su jefe y empezaron a reírse como tontos. Entre ellos se encontraba también Salmonete, a quien habían hallado en el bote y habían liberado.

—¡Pero si no son más que pillastres! —dijo uno de ellos mirando al gallardete—. Y este pequeñajo está flacucho como un lenguado.

Antón forcejeaba y lloriqueaba lastimosamen-

te entre las garras de usía Cachalote, mientras los otros Lobitos miraban hacia abajo, inquietos. No sabían qué hacer…

—¡Rendíos o será mucho peor para vosotros! —amenazó el jefe de los Ladrones de Barcos—. Mejor dicho, será peor para él. —Y agitó a Antón como si fuera un muñeco.

Jim fue el primero en bajar.

—Debemos mantenernos unidos también en la desgracia —dijo a sus compañeros.

Ondina, Babor y Estribor movieron la cabeza resignados y le siguieron.

—¿Queríais ir de listillos, eh? —se burló usía Cachalote—. Pero nadie detiene a los Ladrones de Barcos.

Ataron a los Lobitos al palo mayor. Les apuntaban con varias pistolas y les hacían cosquillas con la punta de los sables. El más enfadado de todos parecía ser aquel tontorrón de Salmonete.

No había perdonado a los niños la jugarreta que le habían hecho la noche anterior.

—¿Quién me dio el golpe en la cabeza? —gritó—. ¡Decídmelo, que lo tiro al mar!

Los niños permanecían en silencio y seguían contemplando el horizonte con una última esperanza en el fondo de sus corazones.

—Y ahora, hablad, ¿quién ha sido? —continuó vociferando el ofendido Salmonete—. ¡Se lo daré de comer a las ballenas!

—¡Cierra el pico, Salmonete! —le interrumpió bruscamente usía Cachalote, apartándolo a un lado—. No nos interesa saber quién te golpeó, sino quiénes son y qué hacen aquí.

En ese momento, la expresión de Jim pasó del miedo a la felicidad.

—¿Quieres saber quiénes somos, malvado barrigudo?

—¡Así es, mocoso! —le desafió usía Cachalote, apuntándole con el sable en la cara y mirándolo con una sonrisita desdeñosa.

—¡Somos los magníficos Lobitos de Mar, a las órdenes del capitán de los capitanes, Argento Vivo, el director de la insigne Escuela de Piratas! —respondió con orgullo el muchachito inglés.

Los hombres empezaron a mascullar…

¿Argento Vivo?

¿El gran pirata del mar de los Satánicos?

¡Menuda chorrada!

—¿No nos creéis, ladrones de poca monta? —prosiguió Jim—. ¡Pues entonces mirad ese buque en el horizonte!

Los Ladrones de Barcos vieron un barco reluciente que surcaba veloz las olas del mar. Era un barco de guerra, con decenas y decenas de cañones listos para abrir fuego.

El capitán Shark había encontrado la estela de objetos que los Lobitos habían tirado al mar

Capítulo 5

y la había seguido en el fabuloso *Argentina*, el barco del director.

Los niños lanzaron un grito de alegría, mientras tanto usía Cachalote como sus hombres corrían de un sitio a otro buscando un lugar donde esconderse.

—¡Pero ¿qué estáis haciendo, atajo de atontados?! —les gritó el capitán—. Izad las velas y huyamos a toda prisa.

Nadie le escuchó.

Y tampoco usía Cachalote se quedó en el alcázar cuando la *Argentina* disparó un cañonazo de advertencia.

Al cabo de pocos minutos, las dos embarcaciones estaban una al lado de la otra. Se lanzaron los ganchos para el abordaje y las miradas de los Lobitos de Mar se cruzaron con las del capitán Shark y el capitán de los capitanes, Argento Vivo.

68

Zafarrancho en el alcázar

Los dos piratas hicieron una reverencia agitando los sombreros.

¡El plan de Jim había funcionado!

—¡Esperemos que Shark no se enfade por su reloj de péndulo! —dijo socarrón Estribor.

Los niños estallaron en una gran carcajada.

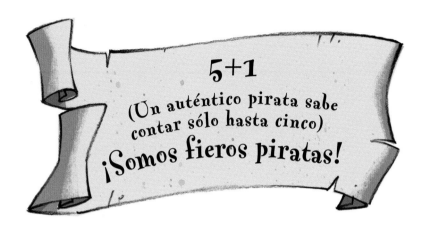

5+1

(Un auténtico pirata sabe contar sólo hasta cinco)

¡Somos fieros piratas!

En el *Tiburón blanco* todo estaba listo para juzgar a los Ladrones de Barcos.

Los cinco niños se encontraban en el castillo de popa con el capitán Shark y el director Argento Vivo.

En el alcázar, los marineros formaban un círculo en torno a los ocho ladronzuelos esposados. A los prisioneros les tiraban tomates, les silbaban y se burlaban de ellos.

—¡Silencio! —resonó de golpe la potente voz de Argento Vivo.

Todos enmudecieron a la espera de escuchar las palabras del capitán de los capitanes.

—Miembros de la tripulación, veo frente a mí a ocho bribones de la peor calaña, capaces incluso de robar los buques de los honrados piratas —declaró Argento Vivo apuntando con

el dedo a los hombres de usía Cachalote, que se encogían por el miedo.

Los marineros empezaron a golpear con los pies y a gritar:

—¡Al mar! ¡Tirémoslos todos al mar!

—No es tarea nuestra decidirlo, tripulación —exclamó el director de la escuela—. Si hemos conseguido recuperar el *Tiburón Blanco*, es solo gracias a estos cinco pequeños piratas.

Los marineros miraron a los Lobitos de Mar, que casi sintieron vergüenza de ser el centro de atención.

—¿Se refiere a Zanahorio? —preguntó uno.

—¿Al Torpón? —añadió otro.

—¿A la Sirenita? —agregó un tercero.

El capitán Shark avanzó furioso hacia la baranda y se dirigió a sus hombres con un lóbrego ceño fruncido:

—Escuchadme bien, quien se atreva a pronunciar de nuevo esos estúpidos motes se quedará tres días sin comer ni beber, ¿os queda claro, mequetrefes?

¡Los niños habían logrado su revancha!

Ya nadie se burlaría de ellos…

—¡No son fieros piratas! —intervino el grumete de los dientes cariados con un tono despreciativo—. ¡No son más que pillastres!

El murmullo que emitieron los marineros confirmó que muchos pensaban como él.

—Eso ya lo veremos —replicó Argento Vivo—. Los Lobitos de Mar se escondieron durante el abordaje, con lo que demostraron tener poco valor. Luego han tenido una idea brillante y han vuelto a aparecer para superar miles de peligros.

—¿Y qué?

—¿Y entonces?

—¿Y eso qué cambia?

¡Somos fieros piratas!

Argento Vivo empujó hacia delante a los cinco niños con el brazo.

—Tenéis tres posibilidades, jóvenes Lobitos de Mar —dijo con firmeza.

Entre los marineros se produjo un silencio cargado de curiosidad.

—La primera consiste en echar a estos ladrones de poca monta a los tiburones, de acuerdo con el código de los piratas —anunció—. La segunda es encerrarlos en las mazmorras del acantilado de las Medusas...

Aquí se interrumpió y enarcó una ceja.

—La tercera es permitirles que vuelvan a su buque mercante si prometen no volver a molestar nunca más.

Los marineros protestaron vivamente y les tiraron más tomates a los ocho prisioneros. Usía Cachalote sudaba de miedo. Salmonete abría los ojos como platos...

—¡Al mar!

—¡Que se ahoguen!

—¡Que se los coman los tiburones!

Los Lobitos retrocedieron unos pasos y se pusieron a discutir en voz baja. Era una decisión muy difícil, pues debían demostrar que eran auténticos piratas. Conversaron durante varios minutos y luego Jim volvió junto al capitán de los capitanes y anunció con gravedad:

—¡Hemos tomado una decisión!

—Habla, caballero Jim —dijo Argento Vivo con los brazos cruzados sobre el pecho y el mentón alzado.

El niño inglés carraspeó para aclararse la voz.

—Los Ladrones de Barcos han robado el *Tiburón Blanco* y querían revenderlo en Puerto Pavor… —comenzó con serenidad—. Pero cuando nos capturaron no nos hicieron daño…

Hizo una pausa.

—¿Y entonces? —gritó la multitud.

—Por consiguiente, nuestra elección es esta —prosiguió Jim con voz clara—: permitir a usía Cachalote y a su tripulación que vuelvan al mercante, para que pongan rumbo a mares tempestuosos, con la barra del timón rota. ¡Así el destino decidirá por ellos!

Un coro de decepción se alzó desde el puente.

Los Ladrones de Barcos soltaron un suspiro de alivio y usía Cachalote le guiñó el ojo a Jim. Era su forma de agradecer el buen corazón demostrado por los Lobitos de Mar.

Argento Vivo retomó la palabra con aire autoritario.

—¡El tribunal de los piratas ha hablado! Que cada marinero vuelva a su sitio. ¡Y sacadme de en medio a estos ladrones de pacotilla antes de que cambie de idea!

Pasados unos pocos minutos, el puente del

Capítulo 5+1

Tiburón Blanco estaba desierto. Solo quedaban los Lobitos y los capitanes. Los niños temían haber demostrado poco valor…

—Una elección perfecta, alumnos —afirmó Argento Vivo—. La más sabia, diría yo.

—¿De verdad, señor? —se sorprendió Antón. Babor y Estribor se rascaron la cabeza, perplejos, mientras Ondina y Jim se pusieron rojos de vergüenza.

—Siempre es mejor ganarse aliados que enemigos —explicó el director de la escuela—. Pueden resultar útiles en el futuro, ¿no estáis de acuerdo? —Y les dio una palmada a todos ellos.

El capitán Shark estaba, sin duda, satisfecho.

—Habéis aprobado el examen con la nota máxima —anunció orgulloso—. Para celebrar el final del primer curso, esta noche estáis todos invitados a cenar con el capitán de los capitanes en el *Argentina*.

80

¿Habían aprobado el examen?

¿Cenarían con el director Argento Vivo?

Los niños se pusieron a brincar en el puente como langostas enloquecidas.

¡Era la alegría más grande de su vida!

Nociones de piratería

Las banderas
de la
Escuela de Piratas

Capitán Hamaca

**Capitán de los capitanes
Argento Vivo**

Capitán Shark

**Capitana
Letisse Lutesse**

Lobitos de Mar

Ballenatos

Sorrento

Tritones

Cintas Negras

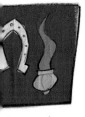

pitana
Dolores

Estrellas de Mar

La Jolly Roger

El nombre tradicional de la bandera pirata es *Jolly Roger*. Todos la recordamos como una bandera negra, pero al principio era roja. El término *Jolly Roger* deriva en realidad de una palabra francesa que significa «bandera roja». Después se prefirió adoptar la clásica calavera con el fondo negro, y la bandera roja solo se utilizó para declarar la intención de atacar a toda costa…

¡A cada pirata su bandera!

Cada *Jolly Roger* se relacionaba con un pirata famoso, por ello había banderas distintas con diseños diferentes… ¡y aterradores! El más tradicional era el dibujo de una calavera con dos huesos cruzados, que a veces se sustituían por dos espadas. Otras variantes eran: un esqueleto que sostenía una espada y un reloj de arena, un corazón que sangraba o un brazo con un sable.

¿Bandera negra o bandera roja?

La bandera pirata se izaba de improviso en lugar de la bandera de una nación. Servía para atemorizar al buque adversario y obligarlo a que se rindiera sin combatir. De hecho, a los piratas les convenía evitar la batalla: así podían capturar una nave intacta y apoderarse de todo el cargamento sin esfuerzo alguno…

Si los adversarios no se rendían con la bandera negra, entonces se izaba la bandera roja. Llegados a este punto, era inevitable que estallara una sangrienta batalla a cañonazos.

Jerga de piratas

Los piratas tenían una forma de hablar muy característica. El tono de su voz era áspero y rudo, como si siempre tuvieran ronquera. Pronunciaban con fuerza las vocales y movían los labios como cuando hacemos muecas. El capitán de un barco pirata debía disfrutar del máximo respeto, así que su voz todavía era más potente que la de los miembros de la tripulación.

Piratas... de pocas palabras

A causa de su falta de educación y de sus orígenes diversos, los piratas tenían un vocabulario limitado y se valían de un lenguaje sencillo. A veces utilizaban los términos marineros para describir aspectos de la vida común. Por ejemplo, decían: «Es tieso como el palo mayor», para indicar que un pirata era fuerte y robusto. En otras ocasiones se referían a animales marinos, fenómenos atmosféricos, mares e islas.

Intentad inventaros frases de piratas como esta: «¡Por todos los sargazos y los satánicos, pareces un lenguado durante un huracán!», que significa: «¡Caramba, pareces un poco abatido!».

Expresiones piratas
Las tres más conocidas eran:
¡A DEL BARCO!
Era el saludo más habitual entre los piratas y solía acompañarse de un gesto con la palma de la mano abierta.
¡ALTO AHÍ!
Se utilizaba para detener a alguien o hacerle desistir de sus propósitos. En general se empleaba un gesto intimidatorio cuando se pronunciaba.
¡YO, HO, HO!
Es una exclamación de entusiasmo, y suele ir reforzada con el movimiento de alzar el puño.

¡Para un abordaje hace falta coraje!

Antes de abordar una embarcación, se disparaban uno o dos cañonazos de advertencia. Si la nave adversaria no se rendía, los piratas utilizaban un arma particular: la granada. Eran bolas vacías de hierro o madera y de unos cincuenta gramos de peso que se rellenaban con pólvora negra.

Pero el efecto más devastador lo producía la andanada con todos los cañones en un costado del barco. Se disparaban balas encadenadas que desgarraban las velas o partían los palos, y así se inmovilizaba la embarcación enemiga.

¿Solos o en grupo?

Los piratas preferían trasladarse en un único barco y atacar pequeños buques mercantes, bergantines, goletas o directamente embarcaciones de pesca. Era difícil que se arriesgaran a atacar naves más grandes y que podían disponer de un armamento superior. Solo una flota de barcos piratas podía desafiar a los veleros de guerra.

En algunos casos, los piratas se aproximaban en los botes salvavidas sin ser vistos y empezaban a disparar contra la tripulación del puente de la nave atacada.

A sablazos

El abordaje con sables y puñales era un acontecimiento bastante más insólito de lo que suele creerse. Ocurría solo cuando los adversarios no se rendían e intentaban defender su valiosa carga hasta el final. Estos duelos eran muy peligrosos y también los piratas preferían evitarlos.

Índice

La Escuela de Piratas